मॉरिस हार्न, वर्ल्ड एन्सायक्लोपीडिया ऑफ कॉमिक्स के एडिटर ने कार्टूनिस्ट प्राण को 'वाल्ट डिज्नी ऑफ इंडिया' कहा है।

उनकी कॉमिक्स पीढ़ी दर पीढ़ी बढ़ते हुए नौजवानों की हमेशा साथी रही हैं। उन्होंने अपने कैरेक्टर्स 'चाचा चौधरी, साबू, श्रीमतीजी, पिंकी, बिल्लू, रमन' इत्यादि के मनोरंजन का भरपूर लुत्फ उठाया है। उनके 600 से ज्यादा टाइटल्स मार्केट में बिक रहे हैं और दर्जनों स्ट्रिप्स न्यूज पेपर्स में छप रहे हैं। चाचा चौधरी पर आधारित एक टी. वी. सीरियल के लगातार 600 एपिसोड तक एक प्रमुख चैनल पर दिखाए गए।

विश्व के कई देशों का भ्रमण कर चुके, प्राण को 'लिमका बुक ऑफ रिकॉर्ड्स' ने 'पीपुल ऑफ द ईयर अवार्ड' से सम्मानित किया है। 1983 में उनकी कॉमिक बुक– 'रमन, हम एक हैं' का विमोचन तत्कालीन प्रधानमंत्री श्रीमती इंदिरा गांधी ने किया।

प्रकाशक

लेकिन वहां हजारों निहत्थे लोगों को टैंकों से कुचला जा रहा है

जब यह भी काफी नहीं होता तो जेट विमानों से उनपर बम बरसाए जाते हैं। जो बचते हैं, वह बॉर्डर क्रास कर, हमारे देश में पनाह लेते हैं।

वहां के प्रेसिडेंट के पास जाने के लिए किसी एक का नाम सुझाएं ?

चाचा चौधरी!
© PRAN'S FEATURES

प्राइम मिनिस्टर ऑफिस की गाड़ी ?
खाली बैठे तुम्हारे चाचा को पॉलिटिक्स ज्वाइन करने का न्योता देने आए होंगे।
चाचाजी ! सरकार आपको अपना नुमाइंदा बनाकर पड़ोसी देश भेजना चाहती है।
बाकी बातें चलते-चलते करेंगे।
डिक्टेटर रोटानडा अपने ही नागरिकों को क्यों मार रहा है ?
उसको लगता है, वह ग्रुप उसका तख्ता उलटना चाहता है।
TAILORS
GENTS' SUITS
SHOES
STUDIO

रोटानडा।
यूअर एक्सलैंसी ! भारत की तरफ से श्रीमान चाचा चौधरी आपसे बात करना चाहते हैं ।
नमस्कार, सर !

तुम्हारा कहना है, हमारे बेशुमार आदमियों के जाने से तुम्हारे देश में रिहायशी और खाने की समस्या पैदा हो गई है। तुम उन सब को मार क्यों नहीं देते ? प्राब्लम समाप्त।

जनाब ! इंसान की जान अनमोल होती है । इस समस्या का यह हल नहीं ।

ओके ! हम तुम्हें नहीं मारते। गार्ड्स इस छछूंदर को जेल में डाल दो।

मेरे पास डिप्लोमेटिक इम्यूनिटी है।
वह क्या होता है ?

चाचाजी को अंदर गए काफी देर हो चुकी है। मुझे खतरे का आभास हो रहा है।

ऐ, वहीं रूको।

हटो मच्छरो!

उसे मार दो। तुम अंदर कैसे आए?
उसे मार दो।

हर डिक्टेटर थोड़ा बेवकूफ होता है! इस कारागार की सलाखें इतनी खुली बनाई हैं कि मुझ जैसा दुबला-पतला आदमी आसानी से बाहर निकल सकता है।

मेरी पगड़ी!

ऐ! रुको वहीं!

आऊ ऊ!
घड़ांक!

राट टाट ट ट !
मारो!

यह दायां कैसा है?
धड़ाक !
ओह !

भागो!

यूअर एक्सलैंसी ! वह अंदर बंद हो गया है ।
गुड ! बिल्डिंग को बम से उड़ा दो ।
© PRAN'S FEATURES

नहीं!
यह काकरोच कैसे बाहर आ गया ?

गार्ड्स ! इसे शूट कर दो ।

तुम्हारी यह हिम्मत ?

जब साबू को गुस्सा आता है तो कहीं ज्वालामुखी फटता है ।

कड़्ड ड़ क क !
उसे रोको !

यह खम्भा उसकी हड्डियों के टुकड़े कर देगा।

धड़ाक क !

आ ह गर रा ह ह !

छोड़ो ! मेरा दम घुट रहा है।

जनता .
मारो!
मारो!!
मारो!!!

रहम !... मैं अपना पद छोड़ता हूं।
तानाशाह रोटानडा को लोगों के हवाले करो। उसके हाथ लाखों लोगों के खून से भरे हैं।
www.chachachaudhary.com

हमें उम्मीद है जो कुछ होगा, वह देश के कानून के मुताबिक होगा।
हम वादा करते हैं।

चिंगारी

धमाका सिंह ! देखो, मैं किसे लाया ? वार वैटरन जैक्सी।

वियतनाम जंग में इसने दुश्मन के पंद्रह टैंक ध्वस्त किए और इराक वार में पूरी कम्पनी उड़ा दी। अब तुम्हारी मदद के लिए आया है।

मगर मेरा दुश्मन चाचा चौधरी और उसका साथी साबू पूरी ब्रिगेड पर भी भारी पड़ते हैं।

इसके अलावा जब वह बाहर निकलते हैं तो अपने तेज ट्रक डगडग पर सवार होते हैं।
उसका भी तोड़ है।

ठुमका सिंह! आओ।
धमाका सिंह।

हमने यहां लैंडमाइन दफना दिया है।

OIL CO
वह टैंकर आ रहा है। जब वह लैंडमाइन के ऊपर से गुजरेगा, तब उसका हाल देखना।
© PRAN'S FEATURES

कड़
ब्रूम
म
म
म !

इसी तरह हम चाचा का ट्रक उड़ा देंगे।
खूब!

अब हम दूसरी जगह लैंडमाइन लगाता।
बूसू! जाकर दुश्मनों को इस सड़क से गुजरने के लिए उकसाओ।

चाचाजी! उधर कुछ गुंडे एक बूढ़ी औरत को बेघर कर रहे हैं।
यह अन्याय है।

साबू ! हमें उस असहाय महिला को बचाना है।
www.chachachaudhary.com

सर ! वह चल पड़े हैं।
गुड !

हैलो ! तुमने आज मिलने का वादा किया था।
डियर ! एक जरूरी काम आ गया है। आने में देर हो जाएगी।

किसका फोन था ?
मेरी गर्लफ्रेंड चिंगारी का। बड़ी चुलबुली है। मैं उसे बेहद प्यार करता हूं और हमारी शादी होने वाली है।

मैं उसे मिले बगैर नहीं रह सकती। क्यों न मैं ही उसके पास चली जाऊं ?

वह कमबख्त ट्रक साइड नहीं दे रहा।
हॉर्न! बे बे!

रेस लगाओगे?
मैडम! मैं औरतों से मुकाबला नहीं करता।
डरपोक!

हुर्रे! मैं आगे निकल गई।
जूम म म!

देखना कोई ट्रक आ रहा है ?
एक कार फास्ट स्पीड से आ रही है ।

अरे ! वह तो मेरी गर्लफ्रेंड चिंगारी है । रुको !

ब्रेक लगाने में देर हो गई...
कड्ड
ड्ड
बूमंम !

मैडम ! आपने हमारे निकलने का रास्ता रोक रखा है ।

फेसबुक

ऐ जी, इंटरनेट पर क्या देख रहे हो?
मैंने फेसबुक पर अपना आई.डी. बनाया था।

वही चेक कर रहा हूं।

क्या रिस्पोंस रहा ?
26 लाख मेरे फ्रेंड्स बन गए हैं।

वाह! क्या उनमें फीमेल्स भी हैं ?

हां, पैंतालीस प्रतिशत...

उन्हें लिख दो, तुम्हारी एक खूबसूरत बीवी है। जिसे तुम बहुत प्यार करते हो।
ठीक है।

मेरे झूठ लिखने से कम्प्यूटर जल गया।

नहीं। लाखों महिलाओं की मुझसे ईर्ष्या की जलन से हुआ है।

मैं तुमसे नहीं जीत सकता।

रुको! मेरा डगडग कहां ले जा रहे हो ?
अब यह मेरा है।

और मैं इसे लेकर फुर्र हो रहा हूं।

किसी अजनबी के बैठते ही डगडग के दरवाजे ऑटोमैटिकली लॉक हो जाते हैं।

अब तुम फंस चुके हो।
© PRAN'S FEATURES

मैं भूखा-प्यासा मर जाऊंगा।

रहम! मुझे माफ कर दो।

ओ.के!
सीटी

मेरी सीटी की आवाज से इसके दरवाजे खुल जाते हैं।

बॉय!

क्लॉक टावर

नट्टी ! तुम लकड़ी के डंडे लिए घूम रहे हो। फेंको इन्हें। यह हमारे किस काम के ?

चीबा ! यह बड़े मूल्यवान हैं।
कैसे ! पेड़ की टहनी के टुकड़े खाली बोझ के अलावा और क्या हो सकते हैं ?

यह लकड़ियां खाना पकाने के काम भी नहीं आ सकतीं। आजकल सारे स्टोव्ज़ गैस से जलते हैं।
© PRAN'S FEATURES

मगर बे विकेट्स तो बन सकती हैं।

मगर, बेवकूफ नट्टी!
हम क्रिकेट तो खेलते ही
नहीं ?

न सही। सारा हिन्दुस्तान तो
इस खेल का दीवाना है।

हम किसी को बेवकूफ बनाकर,
इन डंडों के बदले में कोई
कीमती चीज वसूल कर सकते हैं।
मेरी समझ में
कुछ आ रहा
है।

देखो! उस आदमी ने कीमती
रिस्ट वॉच पहनी है।
मैं देख रहा
हूं।
www.chachachaudhary.com

जनाब, क्या आप क्रिकेट के शौकीन हैं ?
क्यों नहीं ?

वर्ल्ड कप के दौरान मैं खाना-पीना भूलकर सारा दिन टी. वी. से चिपका रहता हूं।

तब तो यह ऐतिहासिक स्टम्पस आपके घर होनी चाहिए। इनकी किसी जमाने में मशहूर खिलाड़ी फारूख इंजीनियर कीपिंग किया करते थे।

कीमत सिर्फ दस हजार रुपए।
मगर मेरे पास पैसे नहीं हैं।

कोई बात नहीं। हम उसके बदले में आपकी रिस्ट वॉच ले लेते हैं।

बाय!

चाचा चौधरी! धूर्त नट्टी और चीबा तुम्हें बेवकूफ बनाकर तुम्हारी कीमती घड़ी ले गए! यह स्टम्प्स मेरे बगीचे से उठाए हुए लकड़ी के डंडे हैं!

वह खिलौना घड़ी थी, जिसकी दोनों सुइयां एक जगह पड़ी रहती है।

मगर यह डंडे?
मेरे न सही, शहर की जनता के काम आएंगे।

साबू! इन डंडों को क्लॉक टावर पर फिक्स कर दो।
© PRAN'S FEATURES

25

मनी-मनी

मिस्टर की-बोर्ड ! क्या इस डब्बे में मेरे मतलब का कुछ है ?
www.chachachaudhary.com

मास्टर स्लेटी कुमार ने इंटरनेट लॉटरी में करोड़ों रुपए जीते हैं। जिससे वह चैरिटेबल अस्पताल खोलेगा।

हो! हो!! वह सारा रुपए मेरे हैं।

स्लेटी कुमार! डॉन आका रुपए लेने आ रहा है।

गिनकर रखो।

मास्टर कुमार! मुझे खुशी है कि तुम जीते हुए रुपए का अस्पताल बनवा रहे हो।
वह कैसे बनेगा ?

डॉन आका रुपए छीनने आ रहा है।
वह एक पैसा भी नहीं ले जा सकेगा।

मास्टर के घर चलो।
यस बॉस!

लाल पगड़ी! तुम यहां ?
रुपए गिनने में मदद करने आया था।

सारा रुपया ट्रक में रखा है कि तुम्हें ले जाने में तकलीफ ना हो।

पहले मैं तसल्ली करूंगा।

आओ, देखें।

ओह !
धड़ाक्क !

अब मरो।
धांय !
मुझे नीचे उतारो।

सररराट ट !
जाओ!

स्लेटी कुमार!
अस्पताल के
स्टोन की
तैयारी करो।

चाचाजी! दिमाग को फ्रेश करने के लिए टहलने जा रहा हूं।
मैं घर जाता हूं।

रॉकेट को कहां बांधे ले जा रहे हो?

आजकल चोरियां बहुत हो रही है। यह कुत्ता मेरे घर की रखवाली करेगा।

क्या तुम्हें पता है, रॉकेट क्या खाता-पीता है ?

अगर तुम उसका ध्यान रखोगे, तभी वह तुम्हारा वफादार बनेगा।
ठीक है, बताओ।

उसका ख्याल तो मेरी बीवी बीनी रखती है, उससे जाकर पूछो।

ओ.के.!

मिसेज चौधरी! रॉकेट मेरा बंदी है! उसकी खुराक क्या है ?
तुम्हारी यह हिम्मत ?

कुत्ता बंध सकता है, शेरनी नहीं।

31

स्मगलर

चाचाजी ! आपसे कोई मिलने आ रहा है ।
गाड़ी तो एअरपोर्ट कस्टमस की लगती है ।
चौधरी साहब ! हमें आपकी मदद चाहिए ।
अंदर आइए ! बैठकर बातें करेंगे ।

कोकीन की स्मगलिंग बढ़ रही है । मिनिस्टर साहब का आर्डर है कि वह एकदम बंद हो जा नी चाहिए ।
© PRAN'S FEATURES

बिलकुल! ड्रग्स से हमारे नौजवानों की जिंदगी तबाह हो रही है।

ड्रग स्मगलर्स इंसानियत के दुश्मन हैं।

कल मैं एअरपोर्ट पहुंच जाऊंगा।
थैंक्स!

अगले दिन एअरपोर्ट पर...
GREEN CHANNEL
RED CHANNE
www.chachachaudhary.com

33

GREEN CHANNEL
रुकिए! आपकी दायीं टांग पर प्लास्टर?

एक कार एक्सीडेंट में मेरी हड्डी टूट गई थी। डाक्टर ने उसे सेट करके प्लास्टर चढ़ा दिया। सिम्पल।

मैं सर्जन तो नहीं हूं, लेकिन यह प्लास्टर जरूरत से ज्यादा चढ़ाया गया है। थोड़ा-सा उतार दिया जाए तो आपको हल्कापन लगेगा।

नहीं! दर्द होगा।

अब तो प्लास्टर जरूर उतरेगा। सिक्युरिटी गार्ड्स को बुलाओ।

सीधे खड़े रहो।

प्योर कोकीन।

CHANNEL
भागो!

नहीं!

जब मुझे उसकी टांग का प्लास्टर जरूरत से ज्यादा बड़ा लगा तो मैं समझ गया कि अंदर कुछ छुपा है।
चाचा चौधरी का दिमाग कम्प्यूटर से तेज चलता है।

हाकू

एक अंतरिक्ष यान तेजी से पृथ्वी की ओर बढ़ रहा है।
यान नीचे उतरता है।
www.chachachaudhary.com

यही वह जगह है।

पृथ्वी के टेम्परेचर के लिए अपनी बॉडी को सेट कर लूं।

तुम चाचा चौधरी हो ना?
आप ?

मैं करकेटा ग्रह के सम्राट हाकू का दूत हूं।
आगे बोलो।

डिक्टेटर हाकू को तुम्हारा देश पसंद आ गया है।

उनका आदेश है कि तुम अपनी सरकार से कहो कि वह हमारी गुलामी स्वीकार कर लें।

और राजा हाकू के स्वागत की तैयारी करो।
क्या तुम्हारे ग्रह के लोगों को दिन में सपने देखने की बीमारी है ?

मैं शांतिदूत बनके आया हूं, लेकिन तुम्हारे...

...साथ सख्ती से काम लेना होगा। मैं तुम्हें खत्म करने जा रहा हूं।

रॉकेट को दूसरों का भौंकना पसंद नहीं है।
अ आ!
© PRAN'S FEATURES

शांतिदूत ! डॉक्टर के पास चलोगे ?
यहां की दवा मेरे ब्लड पर असर नहीं करेगी।

हाकू तुमसे निबटेगा।

आओ साबू!

हाकू के दूत को घायल करके भेजा ? उसे सज़ा मिलेगी।

आगबबूला डिक्टेटर पृथ्वी की ओर बढ़ता है।

उस चूज़े को मरना होगा।

शुक्र मनाओ कि मुझे ग्लोब में इंडिया पसंद आया। पर तुम नहीं माने।
जब हम तुम्हारे क्रिकेटा ग्रह को हथियाना नहीं चाहते तो तुम हमारी जमीन पर कब्जा क्यों चाहते हो ?

छटंकी ! राजा सुनते नहीं, हुक्म देते हैं।
आऊ ऊ!
धांय य !

तरबूज ! तुम्हें गुस्ताखी का परिणाम भुगतना होगा।

जब साबू को गुस्सा आता है तो कहीं ज्वालामुखी फटता है।

धड़ाक!
यह ले मेरा दायां।

छोड़ो मुझे!

सरराट ट!
जाओ! छोड़ दिया।

लगता है, हमने गलत ग्रह चुन लिया। आओ चलें।

कौआ उड़ गया।

इवैरिट-गेशन

सुनो जी, जरा इंटरनेट पर सर्च करके बताओ कि...

दुनिया में मेरे अलावा दूसरी खूबसूरत औरत कौन है ?
सर्च ने बताया कि क्लियोपेट्रा थी।

वह सुन्दर बने रहने के लिए क्या करती थी ?
वह दूध से नहाती थी।

अब बोलो तो तुम्हारे लिए मिल्क बूथ के एड्रेस भी सर्च करूं?
तुम मेरी हर बात को मजाक में उड़ाते हो।

आर राट ट!
© PRAN'S FEATURES

बाहर...
इंस्पेक्टर मोज़ा ! आज कैसे आना हुआ ?
चाचाजी ! ज्वैलर हीरानंद का बेटा रूबेल 24 घंटे से गायब है ।

इस केस में आपकी मदद चाहिए ।
घटनास्थल पर ले चलो ।

तुम्हारी छानबीन क्या कहती है ?
रूबेल हर रोज स्कूल बस से उतरकर 12-15 मिनट में पैदल घर पहुंच जाता था । लेकिन कल से लापता है ।
POLICE
CAFE

कल भी स्कूल बस से वह उतरा था ।

यानी वह पैदल रास्ते से गायब हुआ है ।
POLICE

इस रास्ते से लापता हुआ है।
यहीं से इंवेस्टिगेशन की जाए।

उस आइसक्रीम वेंडर से पूछते हैं।
ICE CREAM

क्या तुमने कल यहां किसी स्कूल ब्वॉय का किड्नैप होते देखा ?
किड्नैप ?
ICE CREAM

वह बच्चा हर रोज इधर से घर जाता था।
ICE CREAM
www.chachachaudhary.com

शायद कभी तुम्हारे यहां आइसक्रीम खाने रुका हो। कल की घटनाएं याद करो।
एक बच्चा दो-तीन दिन में मेरे यहां से आइसक्रीम लेता तो था।

वह एक नौजवान के साथ आता और ऑरेंज आइसक्रीम लेता ।
एक ऑरेंज बार ।

कल भी दोनों टहलते हुए आए और बच्चा बोला...
सर! आज मैं चॉकलेट बार लूंगा ।
ICE CREAM

ठीक है, आज हम दोनों चॉकलेट आइसक्रीम खाएंगे ।
थैंक्यू, सर!
ICE CREA

सर?
इसका मतलब बच्चे के साथ कोई टीचर था ।

हमें रूबेल के स्कूल जाना होगा ।
POLICE

प्रिंसिपल मैडम! आपके स्कूल के सभी जैन्ट्स टीचर्स को बुलाइए ।

हमारे स्कूल में सभी लेडीज़ टीचर्स हैं, पुरुष एक भी नहीं।
?!

आओ, मोज़ा! बच्चे के घर चलें।

वहां.
चाचाजी! मेरा बेटा ढूंढ लाइए।
वह मिल जाएगा।

तभी एक युवक आया।
क्या रूबेल की कोई खबर?
नहीं, सर!
सर?

इंस्पेक्टर! इसे हिरासत में ले लो।
यह तो रूबेल के ट्यूशन टीचर हैं। जब से वह गायब हुआ है, हर रोज़ उसकी खबर लेने आते हैं।

रूबेल को आइसक्रीम खिलाने वाले सर यही हैं।

बताओ, बच्चा कहां है ? नहीं तो बाहर बैठा साबू तुम्हारी हड्डियां कड़का देगा।
पुरानी हवेली में मेरे ताऊ के पास।

मोज़ा ! तुम इसे हवालात ले जाओ। बच्चे को हम लाते हैं।

मैं दीवार तोड कर अंदर जाता हूं।

रुको ! पहले मुझे खिड़की से अंदर का जायज़ा लेने दो।

मुझे मम्मी के पास जाना है।
खामोश!

ताऊ! तुम्हें तुम्हारा भतीजा याद कर रहा है।
चौधरी, तुम?

बिना फिरौती मिले, बच्चा यहां से नहीं जाएगा।

हट कद्दू!
धड़ाक् क् !

मम्मी-पापा!
मेरा बेटा!
लालच अपराध को जन्म देता है।

चाचा चौधरी
और
प्रोफेसर बैड

खेतों की सैर हो गई, अब वापस चलें।
ठीक है, चाचाजी !

भूख से पेट में चूहे कूद रहे हैं।

रास्ते में...
रहटू जी ! परेशान ?

देखते हैं, क्यों ?

क्या बात है, भई ?
मैं अपनी पत्नी से परेशान हूं।
वह अपनी सहेलियों के साथ घूमने के लिए मेरी नई कार को खुद ड्राइव करके ले जाना चाहती है।
कार दे दो, इसमें क्या बात है ?
वह पहले मेरी दो कारों को ठोंक कर बेकार कर चुकी है।
मेरी नई कार का भी वह यही हाल करेगी।
यह तुम उसे समझा भी सकते हो।

समझाया तो वह नाराज होकर मायके चली जाएगी।

ओह !
समस्या तो है ।

चाचाजी ! अपने दिमाग से कोई हल निकालिए ।
हल तो निकालना होगा ।

ठीक है ।

मैं तुम्हारी बीबी से मिलकर अभी आया ।
© PRAN'S FEATURES

51

थोड़ी देर बाद...
आपकी मुस्कुराहट बता रही है कि आप कोई हल निकालकर आए हैं।
हां। तुम अपनी बीबी को नई कार दे दो।

कार उसे दे दी तो वह कबाड़ा कर देगी।

ऐसा नहीं होगा, तुम बेफिक्र होकर अपनी बीबी को गाड़ी दो।

लो।

बाय।

चिंता मत करो, तुम्हारी कार को कुछ नहीं होगा । मैंने तुम्हारी बीबी को समझा दिया है ।

क्या समझाया , आपने उसे ?
मैंने उसे समझाया कि कार चलाते समय एक्सीडेंट मत करना ।

अगर इस बार एक्सीडेंट हो गया तो अख़बार वाले आ जाएंगे और तुम्हारी असली उम्र का पता चल जाएगा ।

असली उम्र पता चलने का डर हर औरत को सताता है ।
वाह ! चाचाजी कमाल कर दिया ।
www.chachachaudhary.com

गृहस्थी की गाड़ी ऐसे ही चलती है।
चाचाजी! जबसे आपकी शादी हुई है, तबसे आपकी गृहस्थी की गाड़ी कैसे चल रही है ?

वैसे ही जैसे एक स्कूटर के टायर और एक ट्रक के टायर के साथ गाड़ी चलती है।

इसमें तेरी चाची ट्रक के टायर और मैं स्कूटर के टायर की जगह।

चाचाजी! आपमें और चाची में सहयोग कैसा है ?
मैं और तेरी चाची हमेशा एक-दूसरे का सहयोग करते हैं।

मैं चाय बनाता हूं, वह पीती है।

वह थैला देती है, मैं बाजार से सब्जी लाता हूं।

बुलाती मैं हूं और खाना तुम खाते हो।
अरे रे, बिन्नी! मैं तो बस यूं ही।

मैं खूब जानती हूं, तुम्हारी यूं ही को। उसे छोड़ कर मुंह-हाथ धोकर खाना खा लो।

काम के ना काज के!
दुश्मन अनाज के!

मेरा मोबाइल बजा, लो काम भी आ गया।
ट्रिन ट्रिन

गृह मंत्रालय से मैसेज़ है, गृहमंत्री ने अभी ऑफिस बुलवाया है।

ध्यान रहे, साबू पृथ्वी का नहीं बल्कि ज्यूपिटर ग्रह का प्राणी है।

जल्दी ही...
वेलकम चाचा चौधरी जी!
धन्यवाद, गृहमंत्री महोदय! कैसे याद किया?

यह हैं प्रसिद्ध तकनीकी वैज्ञानिक प्रोफेसर गुड, शहर से बाहर फ्यूचर रेडी शहर इनकी देख-रेख में बस रहा है - जो इनकी तकनीक का बेहतरीन नमूना है।

समस्या यहीं से शुरू होती है। इस बारे में प्रोफेसर गुड बताएंगे।

हम फ्यूचर सिटी नामक जिस फ्यूचर रेडी शहर को बना रहे हैं, वह दुनिया के सर्वोत्तम शहर के नाम से पुकारा जाएगा। जो इस वक्त तबाही मचाने वालों के निशाने पर हैं।

फ्यूचर सिटी को नष्ट करने का प्रयास किया जा सकता है। जो हमारी जासूसी एजेंसियों की जांच व अंतरिक्ष में मौजूद सैटेलाइट्स सिस्टम भी बताते हैं।
मतलब ?

मतलब समझ आ जाएगा। इस टैबलेट में मौजूद कुछ पिक्चर्स देखें।

ये सैटेलाइट्स से ली गई तस्वीरें हैं, कुछ रहस्यमयी तरंगों को फ्यूचर सिटी के आसपास देखा गया है। ये तरंगें भिन्न-भिन्न आकारों में हैं। ये तरंगें क्या है और फ्यूचर सिटी के आसपास इनके दिखाई देने का क्या कारण है ?इसकी अभी जांच चल रही हैं।

आशा है हम शीघ्र ही किसी निष्कर्ष पर पहुंच जाएंगे, लेकिन फिलहाल निष्कर्ष यही निकाला गया है कि...
www.chachachaudhary.com

..फ्यूचर सिटी खतरे में है, हमने उसे बचाने के सारे प्रबन्ध कर लिए हैं।
आप जानते हैं चाचाजी, कोई भी सुरक्षा प्रबंध तब तक पूरा नहीं होता। जब तक आप उसमें इन्वॉल्व नहीं होते।

मैं समझ गया।

आप निश्चिंत रहें, फ्यूचर सिटी की सुरक्षा की जिम्मेदारी मेरी।
धन्यवाद, चाचाजी!

आप देश की भलाई और सुरक्षा के लिए एकदम राजी हो जाते हैं, चाचाजी! आप भी अपने आपको फ्यूचर रेडी क्यों नहीं कर लेते? मैं और मेरी तकनीक आपकी इसमें सहायता करेगी
सुझाव अच्छा है, प्रोफेसर गुड! इस पर विचार करूंगा। फिलहाल देखते हैं...

..फ्यूचर सिटी.
वाह ! शानदार शहर !
बहुत ही शानदार ! इसीलिए तो हमें इसकी सुरक्षा का जिम्मा सौंपा गया है ।
© PRAN'S FEATURES

सुरक्षा व्यवस्था तो चाक-चौबंद दिख रही है।

हां, है तो।

सभी कुछ ठीक-ठाक!
www.chachachaudhary.com

ऐ बाबा !
कुछ दे ना,

शानदार पर्सनैलिटी,
कपड़े ! यह कोन है,
चाचाजी ?
फ्यूचर आधुनिक
सिटी है ना !

यह आधुनिक भिखारी है,
फ्यूचर रेडी भिखारी ।
भिखारी ?

बाबा ! दे ना कुछ ।
आगे जाओ
भाई, छुट्टा
नहीं है ।

छुट्टा नहीं है तो डेबिट कार्ड, क्रेडिट कार्ड होगा, वही दे दो।

मेरे पास स्वेप मशीन है, मैं स्वेप कर लूंगा।
आंय! भिखारी के पास स्वेप मशीन?

कमाल है, चाचाजी!
कोई कमाल नहीं है। फ्यूचर रेडी भिखारी है।

यह तो इसके पास होना ही चाहिए।

यहां कोई खतरा नहीं दिखाई दे रहा।
खतरा दिखाई नहीं दे रहा था...

...लेकिन खतरा वहां था।
फ्यूचर सिटी तैयार हो ही गई, प्रोफेसर गुड के करकमलों से। इसे बनाने का आइडिया तो मेरा था, मेरा सपना था।

मैं खुद बनाना चाहता था, फ्यूचर सिटी को। उसके लिए मैं सरकार से सिटी का होल्ड मांग रहा था। दुनिया के स्पेशल शहर का बेताज बादशाह बनने से क्या गलत था?
© PRAN'S FEATURES

मैंने गलत नहीं मांगा था सरकार से, सरकार ने मुझे क्या दिया, राष्ट्रद्रोह का इल्जाम, जेल और बदनामी। सिटी बनाने के आइडिए को प्रोफेसर गुड को सौंप दिया। उस की तकनीक से फ्यूचर सिटी शान से खड़ी है।

मैं इस सिटी को शान से नहीं खड़ा रहने दूंगा।

मैं इसे ख्वाक कर दूंगा।
बड्रूम!
बड्रूम!!

सर्ई ई ई !!

बड़ूम!
बड़ूम !!

यह किसने किया ?
हमने।

चाचा चौधरी! साबू!

प्रोफेसर बैड इस शहर को तबाह करके ही रहेगा। तुम रोक नहीं पाओगे।
प्यूचर सिटी के रक्षक और तुम्हारे दुश्मन!
बूम!

तुम रुकोगे।
बूम!!

68

हमें तुम्हें रोकना आता है।
बड़ूम!
और तुम्हारे दिमाग को ठिकाने लगाना भी।
बड़ूम!
बड़ूम!
गिरफ्तार कर लो, इसे।

मुझे गिरफ्तार
नहीं कर पाओगे।
बेवकूफों ! मेरे पास
मत आओ।
मैं देखता हूं,
तुझे।
रुको,
साबू!

उसके आसपास का जो करंट दूसरे आदमियों को झटका दे सकता है। वह तुम्हें भी नुकसान पहुंचा सकता है।
फायर !
हा-हा-हा- गोलियां मुझ तक नहीं पहुंच पाएंगी।
तड़.
तड़.
तड़.
तड़.
तड़.
हा-हा-हा !!

क्या किया जाए ?
उसे रोकने के लिए, कुछ तो करना ही होगा ।
मैं कुछ करता हूं, तुम ख्याल रखो साबू कि उसके फेंके हथियारों से शहर को कोई नुकसान ना पहुंच पाए ।

हा-हा-हा, भाग गया । चाचा चौधरी ! मेरे हथियारों से डर कर भाग गया ।

तू कब तक सामना कर पाएगा ।
© PRAN'S FEATURES

73

इस शहर को मेरे किस-किस हथियार से बचाएगा ?
ओफ्फ ! यह तेजी से ढेरों हथियार छोड़ रहा है। जल्दी ही कोई हथियार मेरी पकड़ से निकल जाएगा।
अगर चाचा ने जल्दी ही कुछ नहीं किया तो गड़बड़ हो जाएगी।
मुझे कुछ नहीं, बहुत कुछ करना होगा।
वह भी बहुत जल्दी।

मेरा सोचना ठीक है, तो यही वह जगह है।
जहां मुझे वह काम करना है, जो इस शहर को प्रोफेसर बैड के कहर से बचाएगा।
धार २!
हो गया मेरा काम।
यह आधा प्रोफेसर बैड नीचे।
स्वागत है, प्रोफेसर बैड! तुम्हारा चाचा चौधरी के मुक्कों के संसार में।

इन मुक्कों से तुझे बचाने के लिए, ना तेरा खतरनाक करंट है।

और ना अभेद्य कवच।

जरा बेहोशी के मैदान में कब्बड्डी तो खेल।

यू आर ग्रेट, चाचा चौधरी!
अब आराम से गिरफ्तार करो, इसे।

आपने यह कमाल कैसे किया?
जब मैंने देखा कि उसके करंट और कवच की वजह से कोई उसके पास नहीं पहुंच पा रहा, तो उसे काबू करने के लिए दिमाग तेजी से काम करने लगा।

और तब सुझाई दिया वह आइडिया।
खतरनाक करंट और अमेध्य कवच की जिस परिधि में वह खड़ा है, उसके पैरों के नीचे सड़क है, जिसके नीचे शहर का एक सीवर है।
चाचा चौधरी का दिमाग कम्प्यूटर से भी तेज चलता है।

वह सीवर मुझे उस तक पहुंचाएगा।

मैं एक रोड कटर यंत्र का इंतजाम करके सीवर के रास्ते होता हुआ प्रोफेसर बैड के ठीक नीचे पहुंचा। अंजाम सामने है।

ले जाओ, इसे।

साबू ! हम प्रोफेसर बैड की टेंशन गोलगप्पे खाकर दूर करेंगे ।
सही आइडिया, चाचाजी !
तभी अचानक.
यह क्या हो रहा है ?
यह क्या चाचाजी ?
ओह ! नहीं !!
क्या था सामने ? जिसने चाचा चौधरी और साबू को चकित कर डाला ? जानने के लिए पढ़ें इस कहानी का अगला भाग...

© PRAN'S FEATURES

एक डिक्टेटर ने अपनी फोटो डाक-टिकटों पर छपवाई।

कई दिनों बाद उसने अपने सेक्रेटरी से पूछा-क्या वजह है कि लेटर्स पर मेरी फोटो वाली टिकटें नहीं दिखतीं?

क्या अच्छा गोंद नहीं लगाया था ?

सेक्रेटरी ने जवाब दिया- आपकी फोटो वाले हिस्से की जनता थूक लगाकर टिकट लेटर पर चिपकाती है।

हा! हा!! यह रहा, नहले पर दहला!

चलता हूं, बीनी मेरा इंतजार कर रही होगी।

चाचा चौधरी और जाल

सुशी ! मेरी कार में बैठो ।
तुम्हें कॉलेज तक छोड़ दूं ।

मुझे अच्छा नहीं लगता
कि मेरी होने वाली बीवी
पैदल चले और उसके
पैर मैले हों ।
BANK
© PRAN'S FEATURES

FAST FOOD
COKE
मेरे डैड मिनिस्टर हैं । हमारे पास
काफी सम्पत्ति है । शादी के बाद
मेरे घर में तुम्हें दुनिया के सारे
सुख मिलेंगे ।

मेरा टोनी उदास क्यों है ?
बापू ! मुझे सुशी से शादी करनी है और वह मेरी तरफ देखती तक नहीं ।

बेटा ! उसे मारो गोली । मेरा इरादा तुम्हारी शादी गांव के मुखिया गुल्लक की बेटी से करने का है । गुल्लक मुखिया के हाथ में चालीस हजार वोट है ।

सुशी !...
सुशी !...
सुशी !...

मैंने कहा जी, मेरा बेटा जो लड़की चाहता है, उसे वही ला दो । नहीं तो मैं खाना-पीना छोड़ दूंगी ।
WWW.CHACHACHAUDHARY.COM
PRAN'S FEATURES

उस लड़की को उठा लाओ।

टोनी उसे पहचानेगा।
CAR LOANS
TV
SHOES

वह आ रही है।

बचाओ!
DLR

बीनी ! थोड़ी देर के लिए रिमोट मुझे दे दो । मैं भी अपनी पसंद का चैनल देख लूं ।

दानिशमंद लोगों ने कहा है कि पति का रिमोट कंट्रोल पत्नी के पास ही रहना चाहिए, वर्ना वह बिगड़ जाता है ।

ठीक है । रिमोट अपने पास ही रखो, मगर मेरा न्यूज़ चैनल तो चला दो ।

ब्रेकिंग न्यूज़- दिन-दहाड़े शहर से लड़की का अपहरण । पुलिस को कोई सुराग नहीं ।

चाचाजी ! यकायक आप कहां चल दिए ?
साबू ! अब उस लड़की को हमें खोज निकालना होगा ।
DIGITAL
SHOES
SALE
OASIS
© PRAN'S FEATURES

BANK
SUITS 50%
अपहरण की जगह पर...
जल्दी में वह दो किताबें यहीं छोड़ गए, जो शायद उस लड़की की है।
लड़की का नाम सुशी है, जो किताब पर लिखा है। किताब के अंदर पुलिस सुपरिटेंडेंट को सम्बोधित किया गया प्रार्थना पत्र है, जिसमें सुरक्षा देने को कहा गया है। इसका मतलब है लड़की को किसी से खतरा था।
जिन लोगों ने यह कांड किया है, रॉकेट उनके जूतों के निशान सूंघ रहा है।
HAIR DRESSER
PHARMACY
रॉकेट हमें उनतक ले जाएगा।

हमें अंदर जाना है।
सिर्फ एक जा सकता है।

लड़की। कहां है ?
चाचा चौधरी! तुम अपने जाल में खुद फंस गए।
बाहर रहकर तुम हमारे लिए मुसीबत खड़ी कर सकते थे। अब तुम हमारे काबू में हो।

जबतक मेरी शादी सुशी से नहीं हो जाती, तुम हमारे मेहमान रहोगे।
www.chachachaudhary.com

मैंने किसी मिनिस्टर के आवारा बेटे से कभी शेकहैंड नहीं किया। आज मेरी यह तमन्ना पूरी कर दो।
तुमसे बदबू आ रही है।

वह पसीने से लथपथ मेरी जुराबों से आ रही है। कई दिनों से इन्हें बीनी ने धोया नहीं।

शेकहैंड?
दूर रहो। मुझे इस बदबू से एलर्जी है और मेरे सारे शरीर पर खुजली होने लगी है।

गाईस! इस बूढ़े को रोको।

बाहर...
चाचाजी को अंदर गए देर हो गई है।

वहीं रुको। हमें शूट करने के ऑर्डर्स हैं।
मारो।

राट ट राट ट!!

सारी गोलियां खत्म ?
टिक... टिक!

हटो, छछूंदरों!
धड़ाक क!

धड़ाक क !
?!!

उस लम्बू को मार दो ।

आऊ ऊ ऊ!
पहले इसे चखो।

धड़ाक !
कॉकरोच!
ओह ह ह!

तुम आज़ाद हो।
थैंक्स, चाचाजी!

भागो।
रुको।

मिनिस्टर साहब! जनता आपको वोट देकर चुनती है ताकि आप उनकी रक्षा करें, ना कि आप उनको बंदी बनाएं।
मुझे अफसोस है।

चाचाजी! आपको कैसे पता चला कि टोनी को जुराबों की बदबू से एलर्जी है?
मेरे मोबाइल में इंटरनेट है, यह बात मैंने टोनी के फेसबुक से पता लगा ली थी।
चाचा चौधरी का दिमाग कम्प्यूटर से तेज चलता है।
© PRAN'S FEATURES

FIND 2
THE SAME
PICTURES

Find the 10 differences

9 789384 906467